成年螳螂捕到什么就吃什么。这意味着像苍蝇、飞蛾、蟋蟀、蚊子、蚱蜢、蜘蛛和其他螳螂这样的活昆虫都得小心了！即便是像青蛙、老鼠和鸟儿这样的小型动物也都可能成为螳螂的美餐。

那么，螳螂是怎么抓到猎物的呢？它们用的是快如闪电的前肢，称为"捕捉足"。两个前肢上各长着一排尖刺，能牢牢地抓住猎物。

真好吃！

螳螂会使用伪装来躲避捕食者。颜色就是一种伪装手段。螳螂通常是棕色或绿色的，但它们也能变成白色、粉色或黄色。它们还会摇晃或摆动，让自己看上去像是被风吹动的一片叶子或一根小树枝。

你看得到我吗？

螳螂日记

［美］保罗·迈泽尔 ◉ 著/绘

蔡薇薇 ◉ 译

北京联合出版公司

献给彼得，亚历克斯和安德鲁。

图书在版编目（CIP）数据

螳螂日记 /（美）保罗·迈泽尔著绘；蔡薇薇译
. -- 北京：北京联合出版公司，2019.10
ISBN 978-7-5596-3677-5

Ⅰ. ①螳… Ⅱ. ①保… ②蔡… Ⅲ. ①儿童故事 – 图
画故事 – 美国 – 现代 Ⅳ. ① I712.85

中国版本图书馆 CIP 数据核字 (2019) 第 214590 号

MY AWESOME SUMMER BY P. MANTIS by PAUL MEISEL
Copyright: © 2017 BY PAUL MEISEL
This edition arranged with HOLIDAY HOUSE PUBLISHING, INC.
Through BIG APPLE AGENCY, INC., LABUAN, MALAYSIA.
Simplified Chinese edition copyright:© 2019 Beijing Tianlue Books Co.,Ltd.
All rights reserved.

螳螂日记

作　　者：	[美] 保罗·迈泽尔
译　　者：	蔡薇薇
选题策划：	北京天略图书有限公司
责任编辑：	刘恒
特约编辑：	邹文谊
责任校对：	罗盈莹
装帧设计：	安晓蓓

北京联合出版公司出版
（北京市西城区德外大街 83 号楼 9 层　100088）
北京联合天畅文化传播公司发行
北京尚唐印刷包装有限公司印刷　新华书店经销
字数 3 千字　889 毫米 ×1194 毫米　1/12　$3\frac{1}{3}$ 印张
2019 年 10 月第 1 版　2019 年 10 月第 1 次印刷
ISBN 978-7-5596-3677-5
定价：42.00 元

版权所有，侵权必究
未经许可，不得以任何方式复制或抄袭本书部分或全部内容
本书若有质量问题，请与本公司图书销售中心联系调换。
电话：(010) 65868687　(010) 64258472-800

5月17日

今天，我出生啦！这是一个阳光明媚的美好春日！

5月18日

卵鞘里实在是太挤了。真的,真的很挤——
里面装着我和大约150个螳螂兄弟姐妹。

我在这儿呢!

我还没长出翅膀，所以我不能飞。

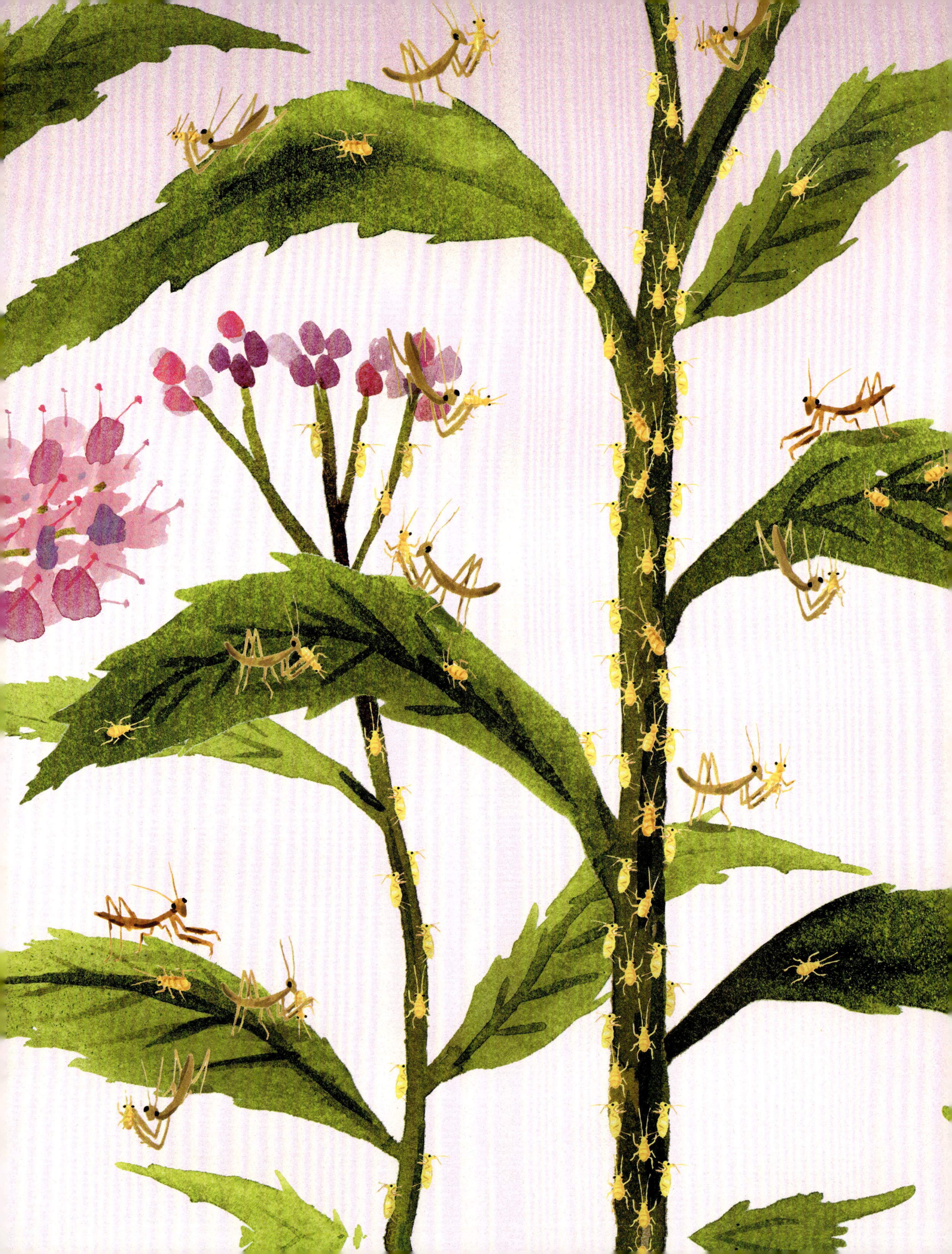

5月19日

不能飞也没关系。
我出生的灌木丛上到处都是蚜虫。
真好吃!
软软的,很美味!

我来这儿了。

5月24日

几只大鸟落在了我旁边。

我使出了很酷的一招，假装自己是一根被风吹动的小树枝。

他们飞走了。

哎呀！

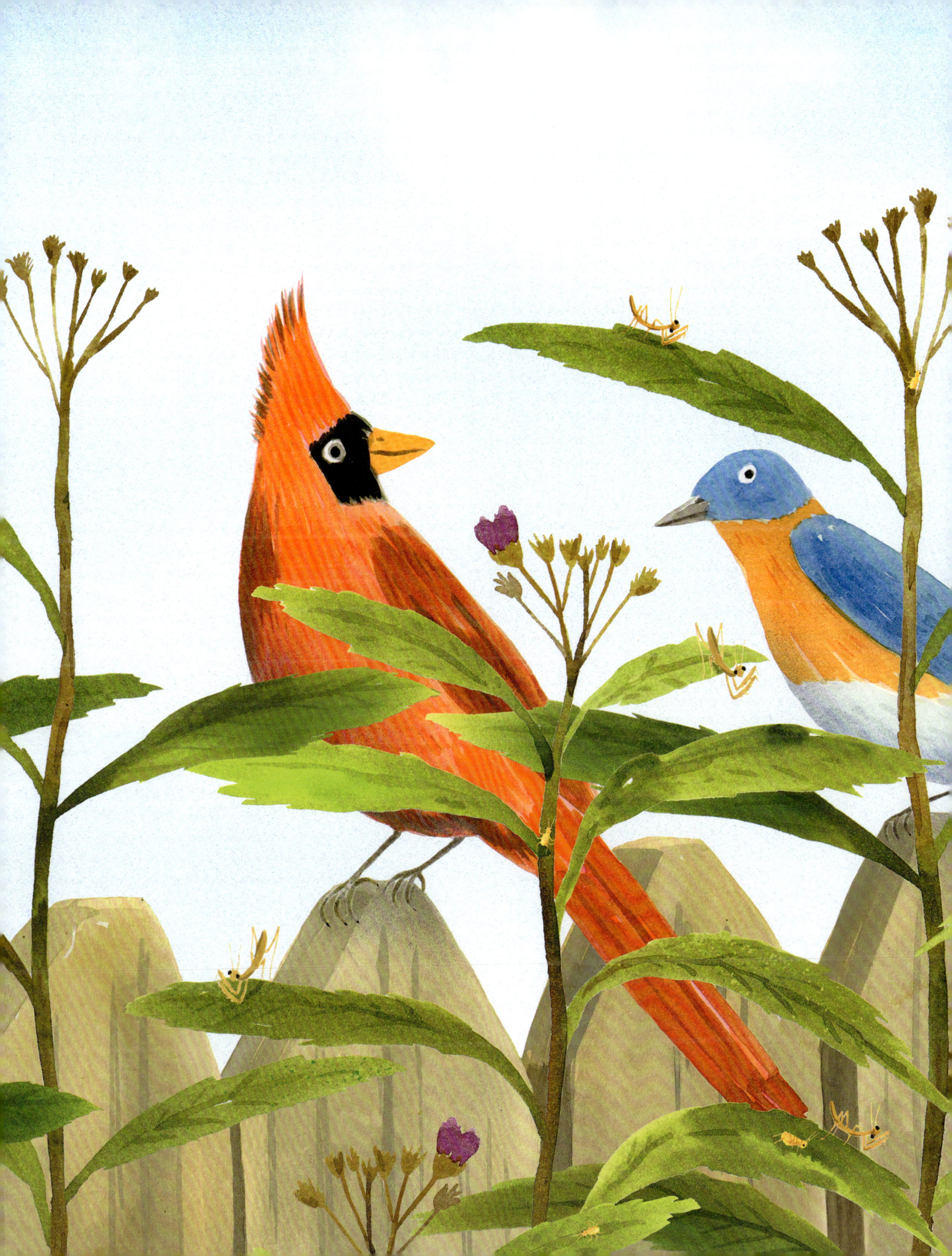

6月2日

所有的蚜虫都吃完了,好饿啊。

我长得太快了!

我吃掉了我的一个兄弟。

好吧,也可能是两个。

6月4日

我又吃掉了一个兄弟。

还有一个姐妹。
我又长大了。我蜕皮啦!

6月27日

我的翅膀还是没长出来,所以去哪儿都是走和跳着的。

我开始到附近探险。一个大动物凑了过来,

在我周围到处闻。

我又用了很酷的那一招。

你看不到我,

我是一根小树枝。

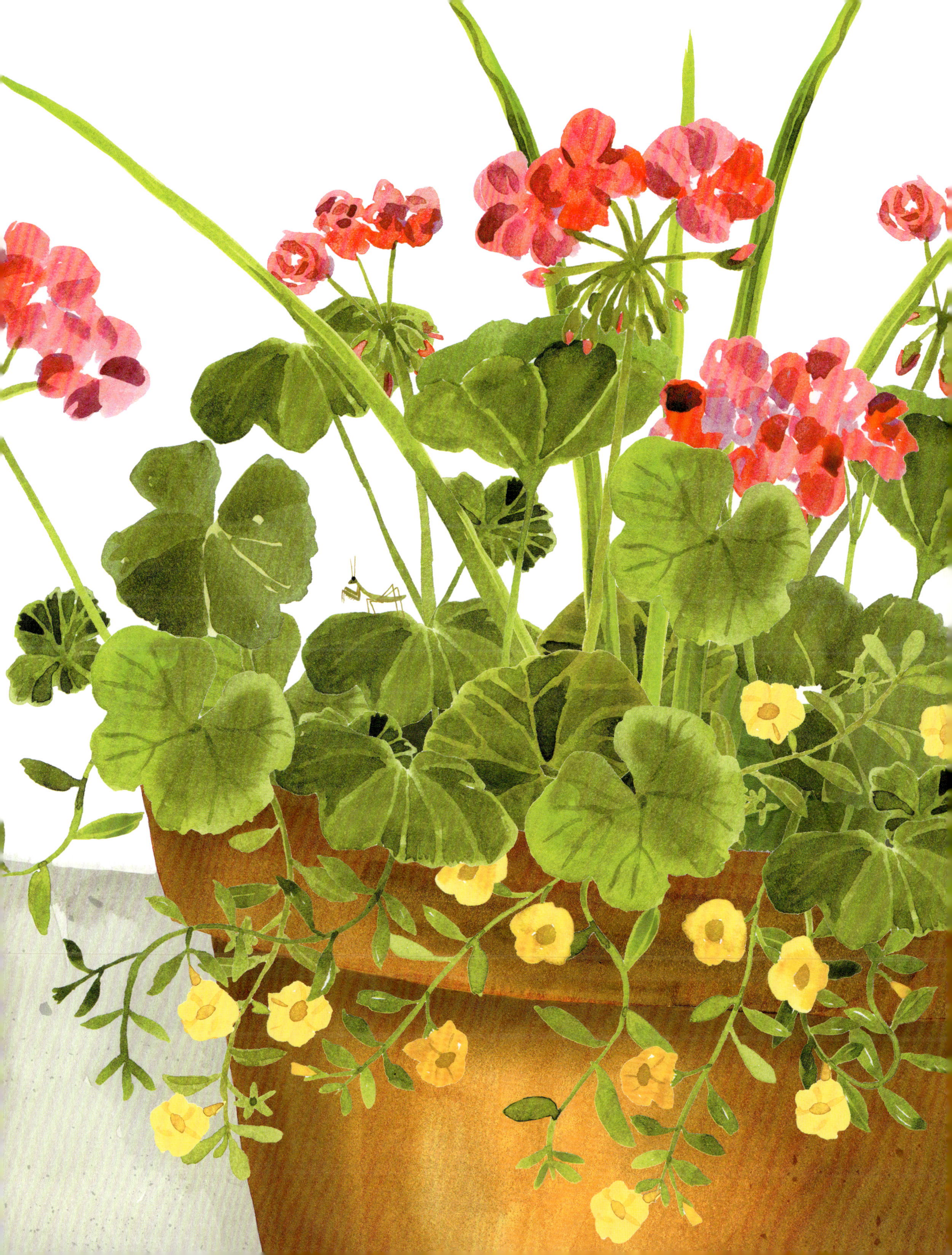

我虽然个子小,
可是牙齿很尖。
我剃刀般锋利的前肢
也快如疾风!

一只蚱蜢跳到我身边。
他还没来得及喊"天呐",
我就抓住了他。

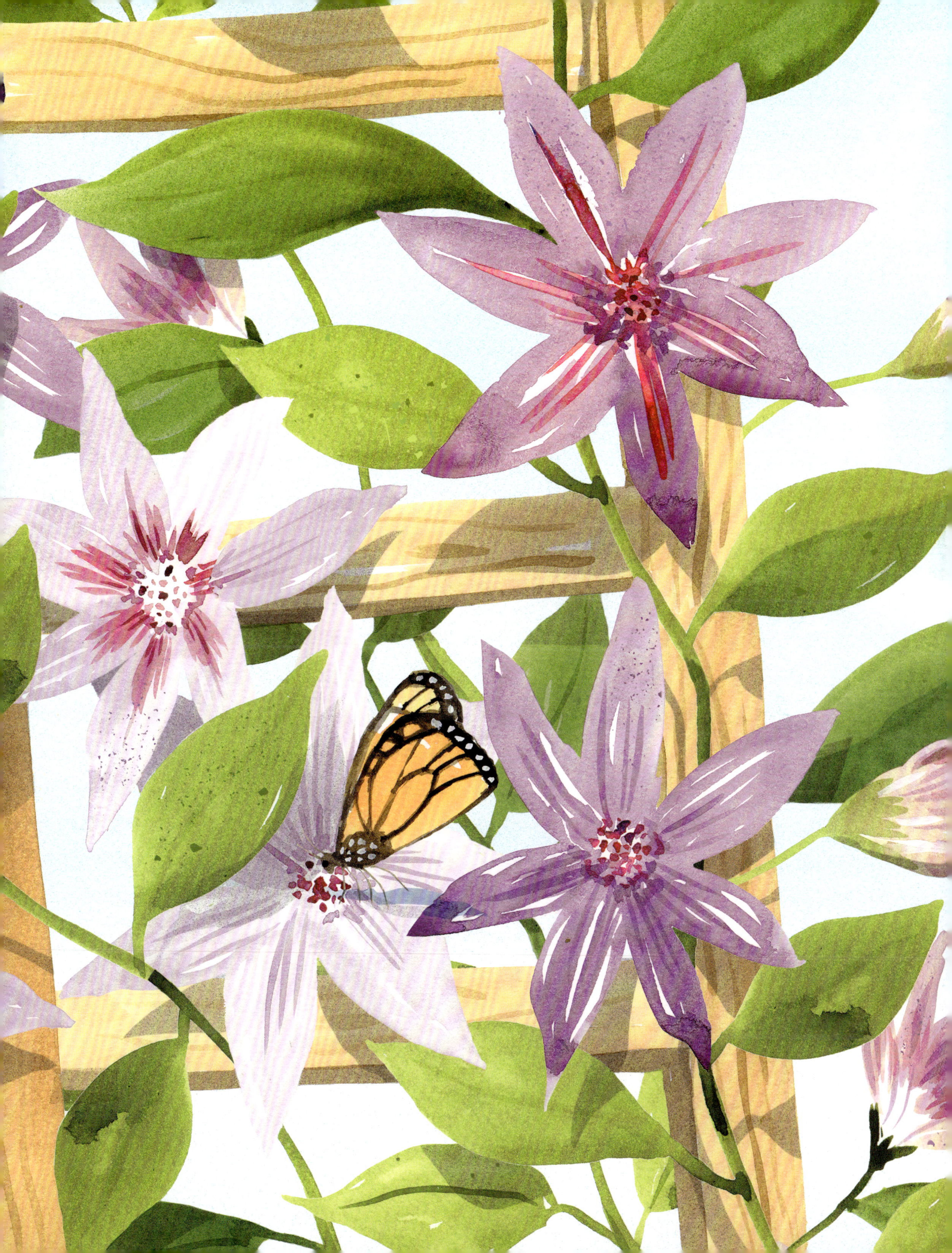

7月17日

我又长大了一些,又蜕了一次皮。
我还是不能飞,所以还是要走要跳,
四处探险。

兄弟，对不起.

7月19日

碰上了我的一个兄弟。
他想吃掉我。
所以，我把他吃了。

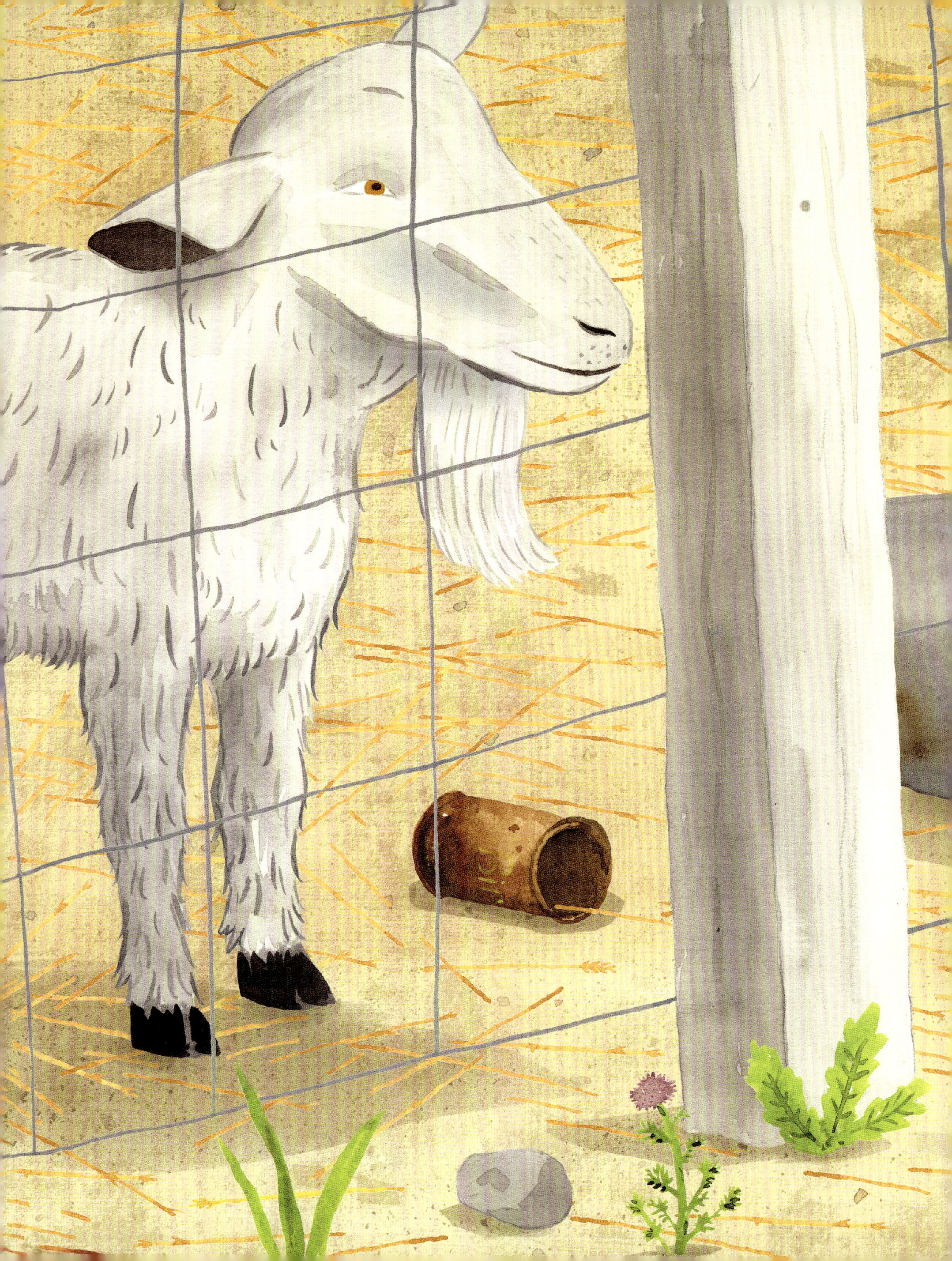

你好！

7月27日

有时候，我喜欢倒挂着，
大多数是蜕皮的时候，但有时候也是为了好玩。
现在，我长得可大了。
不像其他昆虫，我可以转动脑袋看到我身后的东西。
你好！

7月29日

祈祷?

对,我是在祈祷。

祈祷那些把我当成一根树枝的好吃的东西,

主动送上门来。

8月2日

我又长大了,又蜕皮啦。

我倒挂在树上,
把旧皮给甩掉。
新皮肤还没变硬之前,
我感觉有点儿赤裸裸的。

8月9日

啊,我爱夏天!

白天炎热而漫长，夜晚很凉爽。

我喜欢藏在阴影里，吃花朵周围的虫子。

我咬掉了一只蜜蜂的脑袋，但这不是我最爱吃的。

8月15日

终于！我能飞啦！差点儿被一只蝙蝠吃掉。
我赶紧落到一棵树上，装成一根小树枝，
直到他飞走。

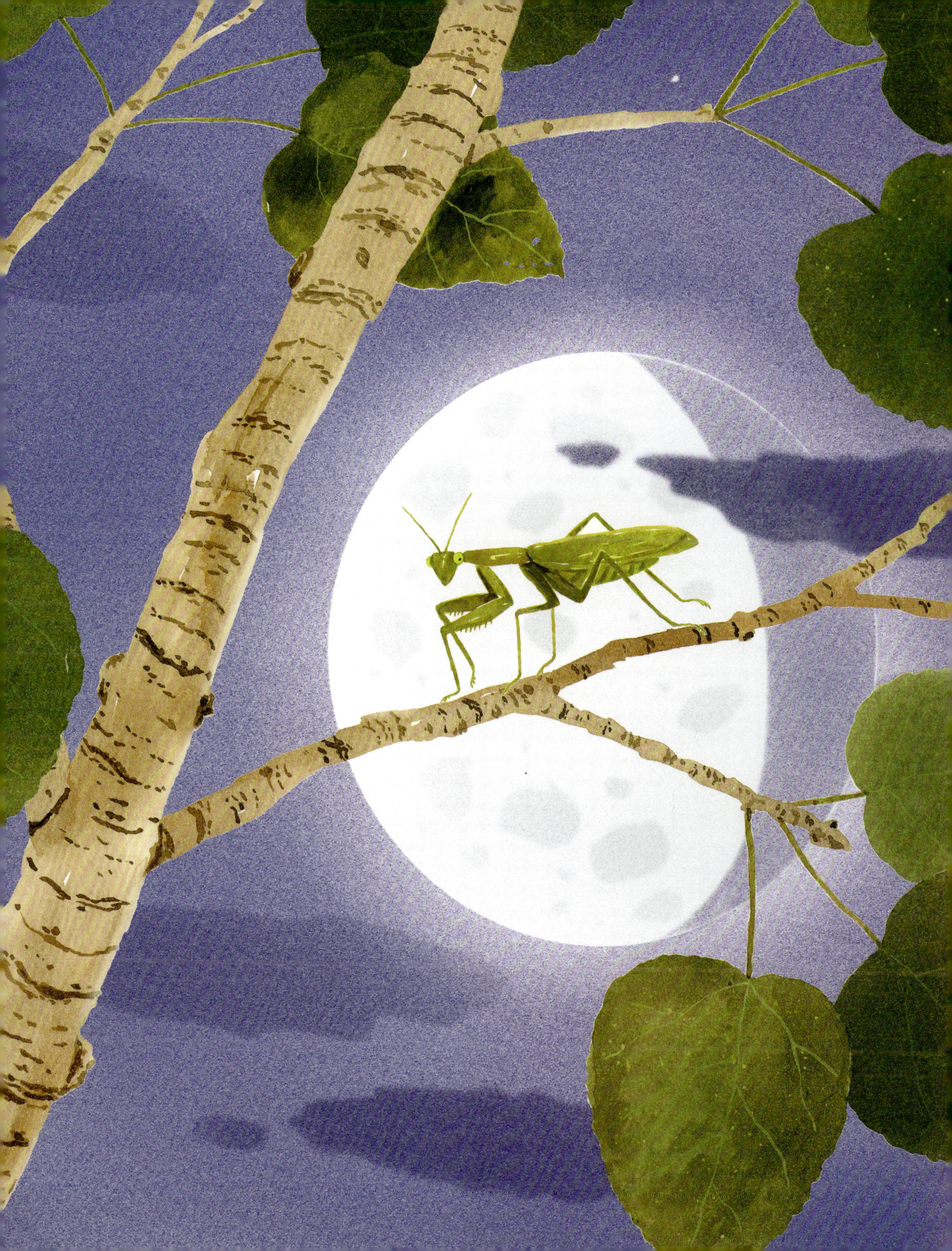

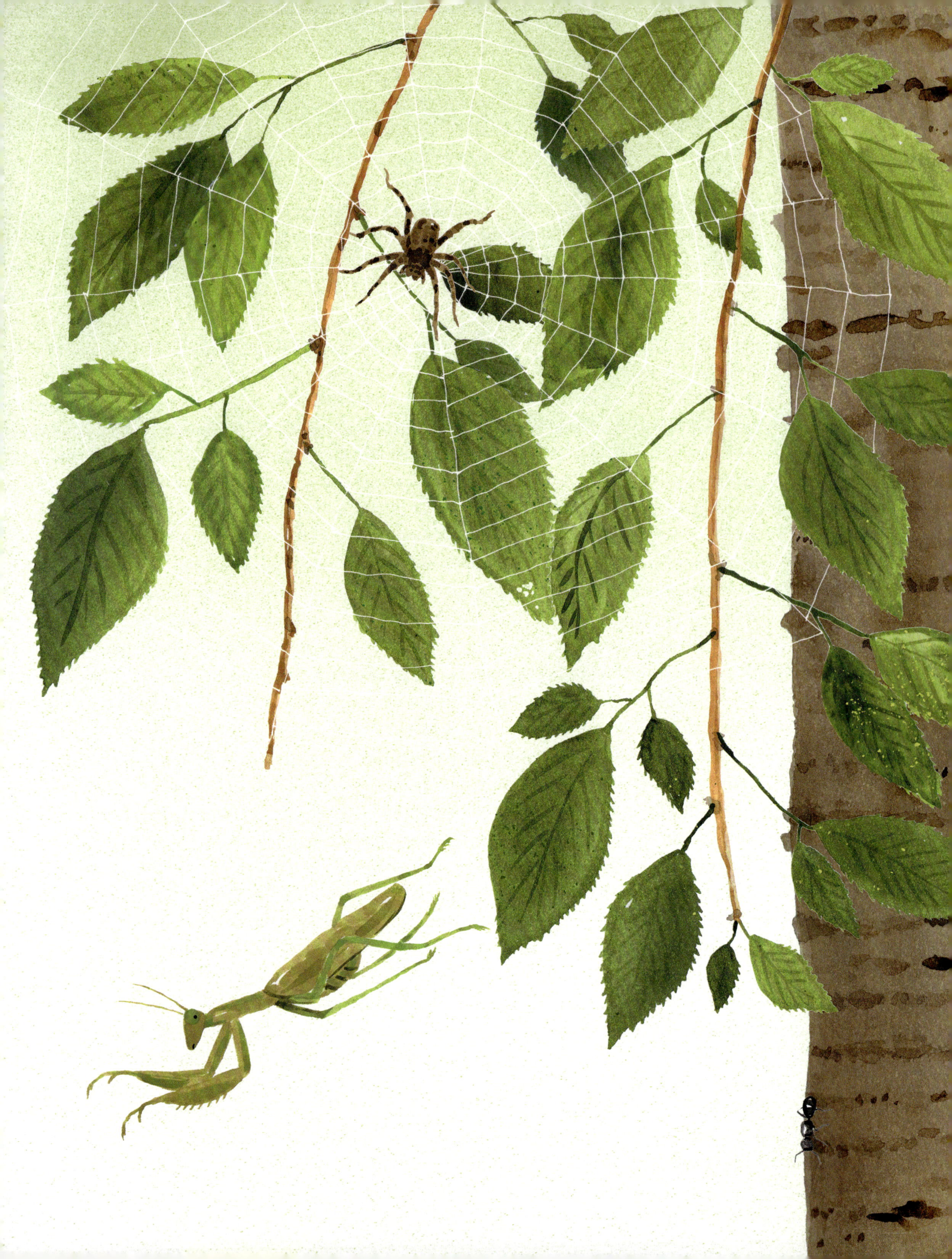

8月25日

我差点儿撞上蜘蛛网。
蜘蛛让我害怕。这只蜘蛛想吃了我。
我赶紧跳走,能多快就多快。

9月5日

我又长大了,又蜕皮了。
这个夏天里最后一次。
我记不清了,我想已经蜕皮八九次了吧。

9月25日

秋天来了。空气中带着一丝寒意。

我在寻找一根完美的树枝。

不是很饿。

现在动作慢了。

10月14日

我找到啦!就是我出生的那个灌木丛。
我产下卵,
并在卵的周围分泌泡沫盖住它们。

泡沫慢慢变硬，形成了一个卵鞘。
来年春天到来的时候，
数百只螳螂宝宝将会出生。

10月17日

现在,我要躺下,好好地睡一大觉了。
再见!

看，那是
我的旧皮！

刚出生的螳螂被称为"若虫"。一只若虫要经过4~6个月才能长为成虫。像书中这只螳螂，能长到10厘米长。在成长的过程中，会经历6~10次蜕皮。

腹腔
翅膀
步行足
胸腔
捕捉足
可以转动的头

螳螂长着三角形的脑袋，它们的脑袋就像人类的头一样可以转动。它们是唯一能这样做的昆虫。螳螂有一只耳朵和两只大大的眼睛。

白天，它可以看到远至15米的物体。

有些螳螂有翅膀，并且能飞。另一些则没有翅膀。像本书中的主角这样的螳螂，就有两套翅膀！雄螳螂比雌螳螂的体重更轻，飞得更远。